致在蜻蜓地的茜蒙
草川 著
文化生活叢書
藝文采風

目次

序

茜蒙，我們豈不知道
每座城市，都是由妳
不斷衍生的
子宮帶來
我們不斷以
不是搖籃的語言
哄他，以不斷灑在
收音機天線上的
謠言騙他

這樣玲瓏的
子宮，都有自己的
星團和銀河系
放滿妳曾經在
毛衣上織出來的
獵戶和學習中的
天蠍。

緣起

我說緣，即是舟渡，即是列車，即是城市，即是尋常百姓的一家，是灰犬長途巴士，亦無不可。

我們轟烈愛過，稍帶了一丁點情仇愛恨，那顯然是不夠的，倘若愛恨不漸漸回復平衡，即使我們爬遍不同的子宮，變面千百次，世世尋尋伺伺，等盡緣起，彷如蹲坐在冷清的地鐵站，等待根本不會出現的果陀。胸臆中不平不暢順的橫山河川，千萬年銼尖磨損，仍然是不夠的，沒有如是簡單的緣聚緣散。

所以愛情是寫在嶺上之風，湖川之面，連羚羊掛角的皮相也看不到。

有寫在波濤大江，驚破一天雲影星河的愛情嗎？經典式的故事，也不見得純屬浪漫聯想，總之，有想像的存在，就遠比想像更高端，崩城越國的現實愛情，就總是應緣而生。

茜蒙，雨季常常在
妳我的輪廓開始
砌出了無以言喻的
彩色。
（我真的看過
不是顏色的顏色
彷彿是未準備
誕生的嬰兒
連母親也
叫不出名字。）
在逐漸甦醒的
年代，銀河系
所有的星盤

和不喜歡戴著
漁夫帽子的
星主，都是
這樣順序開始。
（在中古的劇場上
射手以現在仍然
古典，總是染滿
熊和山貓體臭的
不值半斤山楓糖的
廉價弓箭
以一連串的煙花
不是母親舞蹈
那種節奏，向在不生不滅的

節日，懸掛著的
煎餅，芝士蛋糕射擊。）

妳短短的黑色
裙裾，猶之海灣
猶之浮台邊緣
捲起又捲起
曾經學習過
不斷地溫柔地
在中宵的床上
造愛的浪花
在一直沒有邊際的
海灘，和躺滿了

大魚脊骨的
海床上，開始顫抖
沒有任何
一段雲層
肯答覆自己為什麼
不願意降落在
這裡的原因。

妳早就告訴我
曾經在星期日
戴著不同的
手鐲走進教堂
去唱高音調的

聖詩，把一連串
剛剛逝去
並且迅速
變成黑洞的
白矮星，送給喜歡
悼念戀人的信徒
送給把雛菊
斜斜歪歪插在
髮髻上的女孩。

茜蒙，很多劫以前
我便認識妳了
那時，也許只有

妳的鞋子的高跟
才是唯一憂鬱的
原因，妳竟經常地
踩進了一些染滿
在所有的季節內
令妳繼續嘔心的
泥濘，那時
甚至一推門
冷冷的晨露
就把跌落得很尖碎
樹梢，鋪在妳腳下。

我的以諾書上

記載的朋友
總喜歡在所有
斜對面的橫山
放滿帶著一個個
忘記千載隆冬的
枕頭，就這樣睡入
忘川，燃燒著彼此
瞳孔內，深藍色
而且千年不散
淺淺的身形，以及
十里內，年年龍舌蘭的
印象，哦，翩然是妳的
姿態，可以呼喚

一江的浪濤拍岸。

聖誕晨起和妳說
第一次早安
向妳投擲像
羽毛的飄雪
把禮物撕得像
麵包屑，之後
我們匆匆走入
另外一個城市的
人潮傘潮，每一次
在年尾年頭
趁妳喜悅她

戴上音樂耳機的
時候，溫馨地
邀請妳坐在
雙座位，然後輕輕地
划走，我們的
胸臆，早就有這樣
一艘穿梭冥河的
無底船，不經酆都。

茜蒙，即使不是萬聖節
也願拋一些
花瓣給妳，願妳的
雙頰顏色不會速逝

體內的呼喚
也不會速逝
一束束在明後天
由長安大雁
啣著回來的黃昏
總及時放在
盛滿無垠雨水的
瓶裡，屋裡
和心臟旁邊的
深邃小井
而啄木鳥在
書齋的群書
摘下來的玫瑰

是妳長期祈禱後
放在圖騰上的
煙火吧
讓我們廝守在
站滿喬木的來年。

即使遙遠，一抬眼
便可以輕易地
找到從流星
從航班找到
頓生歸興的
意念了，茜蒙
我們總喜歡

重疊著邂逅時
一同拾起的訊息
也許在妳三歲的
時候，便收到我今日
祈禱，祝福我終將
相遇的女孩
多福多壽，不會在
凡間染垢，直至
走出維度中間的帳篷。

茜蒙，當我吮飲著
由羅馬吹來的
季候風，那時眾星

是閃爍的
是有雙腳而且
扮演著送信人
不停地遞給我
妳的髮絲
和一些唇上的
色彩，一幅幅小小的
構圖，妳站在不再有
花嫁的獨木橋上
呢喃著，太熱的雨季
像我一樣擁抱著
妳的肩膀，而眾星
在稍後，仍然隱約地

從湖邊升起
當眾燈竟可以縛著
初回娘家的
星河，這是歲暮了
茜蒙，是擁妳入懷的
晴天。

每個城市轉角
每盞燈柱
仍然貼滿
懸賞我們的
海報嗎？
我們的十七歲

總是忙於搶掠
叛逆，偷取押當店內
不會贖回的時間
靠這樣爬進監獄的
動作，提升了自己
轉折了多次的
觸覺，在陪我一起
等車的精神病醫生
他告訴我
已經盡力地
帶給我，一些和妳
肌膚上的氣味
很相似的藥物

譬如朝露。

也許整個歐洲的
都是妳的
欠債人呢？
多生多世了
巴黎的塞納河
最初還是一個
沒有鬍子的
小朋友吧？
他說將會
還給妳，在渡輪上
歷世遺下的音容。

那時妳喜悅地
把聖母院所有的
十字架，掛滿妳的頸項
都無所謂了
妳也無暇去探訪
東征後的耶路撒冷
甚至不可以稍後和
哭牆下的親人
啜飲濃烈的咖啡
至於前兩年
在餅店吃過的
芝士餅碎
已然給羅馬來的

潮水，沖散了
千年前用短劍圓盾
攻城時積存的
碎石，也許
明日才流過我的
掌心，我們的掌心
也是轉折了千層
仍不會腐蝕的飄泊。

攀緣

茜蒙，遙遠便有
不知名，而且
躺臥在長街的
歸興，像剛剛清空
啤酒罐子，縛在
偷來的跑車後面
以風箏之姿
以頑童之姿
打破了整條街的

窗玻璃，稍後
吃吃笑地
帶了幾十串
從櫥窗偷來
不怎樣好吃的
棉花糖給
準時下廚的母親。

我們那時
還喜歡吃東方的
齋菜，東方的幼身粉絲。
（從來沒有
給牠戴上口罩的

牧羊犬
牠總喜歡
在妳的臉頰
用粗糙的舌頭
寫上牠的名字。）

至於逐漸變成了
黃昏的太陽
已經擁有像妳
一半的溫柔了
也許希臘諸神中的
阿波羅，就應該
是這樣，當他的戰車

下山的時候
就是一個街市
賣剩了的
鹹蛋黃，滾動著
走出西方
黯淡的廣場。

唯有這樣的
日子，才值得
模擬將來，三千年代
沒有拜占庭和
莎士比亞想像中的
年月，沒有假死

沒有在墓室
和說謊的
神父在一起告解的
片段，當豪雨是
今年培養出的
爬藤，茜蒙
我把在體內孤獨了
千年的花園
送給妳吧
把曾經埋葬在
七尺下的煩憂
多生多世
換了多少朝代

換了多少玩具和
劍戟，多少傷痕
不停哭泣著
多個劫波後的
孑然，像一層層剝落
來自大魚身上的
顏色，也送給妳吧。

也許還有些
決鬥的畫面呢
我是持著長矛的
騎士，在教堂裡
和神父，撒旦一起祈禱

請求他們告訴我
當長矛穿過我
和對方的心臟
只是一種嚙心的
冰凍，而不是痛楚
那時，我是否
還可以等待
另一個早晨
都無所謂了。
（都送給妳吧
那是值得爭取
刊登在報紙頭版
宣稱和騎士

轟烈地戀愛的
故事。）

茜蒙，妳的瞳孔
沒有普通的流逝
也沒有隨著紅海
分開時的流沙
快速地走向
另一個迦南地
妳且稍稍遠望
也撥開遮掩著眼角的
長髮，這就看到
歲歲愁鎖的

荒原風範，我指的
愁鎖不是由妳
想像裡的好望角
傾注出來的，荒原也有
和妳共睡的
一夜愁鎖的
印象吧，我們姑且
看看舊日的
城市，怎樣抹乾淨
千萬次重建後
儲存的淚水
然後去捕捉歷史上
從來不完整

帶著泥土味，從床沿
流下來的戀愛
於是，我突然就記得
妳曾經帶著
很多紅酒空瓶
妳有很多次
精彩的表演
讓自己在樹根下面
成為慢慢地
腐爛的梨果。

歷史無非都是
在我們共業

造出來的長廊裡
一本本流逝
不賣的過程
像渡輪總有
甲板上的邂逅
牽手，然後約定
在帝國大廈頂樓
重遇，也許來生的
大鐘秋響時，就在
對方的耳鬢旁邊
流過，當我們吸啜著
對方臉頰
已經風乾了的

季節，那是麵包中的
夾肉啊，那是
可以廝磨一個
時辰鐘可以儲存的
時間。
（當我曾經橫渡
一個海峽
一個革命之前的
早晨，一個烘熱的
蘋果派，就夠了
一次餓極時吃到的
早餐，遠遠比
一百次無聊的

床上的遊戲
更精彩。）

茜蒙，當所有歐洲
藏在比波旁王朝
更深邃的年代
而居然不帶
一丁點哀愁
很多皇后的
頭顱，在第三、四次才被
淒涼地斬下
我竟喜歡聆聽
揮劍的聲音

劈斬飛鳥
和頸項的聲音
像很突然
具體地截斷
南風突然走入
急於拍岸的仲夏。

在未來不吃果醬的
日子，在未來
我們躲藏在
西敏寺保險箱的
日子，這些連我
收養了的

候鳥也認不出來的
日子，終將在橋下流過
流過，像眷顧過我們的
但丁，根本沒有盲眼的
荷馬，和一直在他的
眼睫衍生的
雅典娜，那是謬司們
唯一留下來的風采
在她們手織的冥河
把一碗好吃的
甜甜的南瓜粥
斜斜倒下去，立即
冥河也是不算

愁苦的甬道了。
（根本沒有
所謂蠱惑了的錯愛
那時，我耽於划一只
獨木舟時的
瀟灑，擱淺在
陌生的橋下，然後
看見妳撐一把
彩色的傘。）

茜蒙，坐在一盞不帽的
油燈之下
我們可以共同

讀一些書，一堆古卷
一本本白朗寧和
雪萊的浪漫，若有
一根蠟燭，首先找尋
和妳走過燦爛的
羅馬焚城後的
長巷吧，也許稍稍
訪問舉火的尼羅。
（他是否有像妳的燃情？
聽說他把米蘭和拿坡里
焚燒得像一碟碟
佈施中的晚餐。）

妳常常拖著不斷
變更的容貌
不斷驚夢
不斷在我們的
場景的鞦韆架上
盪來盪去
在愛得最深的時候
挽著結束時
那一丁點彈指
那種不會看見的
朦朧，是否像
死亡一樣可愛
（我們牽著手，看看

教堂後面的墓碑
茜蒙，是真有這個
維度嗎？
在另一空間
並沒有報應因果
我們可以愛上了
奴隸和妓女
菩薩遺下來的
妻子，同時也愛上
亞瑟王的王后
那時根本沒有
劍在石中
而我坐在不是
橡木砌成的圓枱。）

緣行

茵蒙，妳常常告訴我
終年不修的
鬍子，是無須剃去的
緣起，大部分未空的
緣起，也可以
像剪斷或否的
方式，寄生在臉頰上
展示上次甦醒時的
面貌，就說已經

做成一個
流行的造型吧
也許偶然走進了
晚餐的羅宋湯
都是最好的劇照。

記得那些年的
巴黎展覽會嗎？
我們去看了
剛剛被放上
暢銷書封面
在超級市場上架的
羅浮宮。

（果然塞滿了
邱吉爾雪茄
一樣味道的遊客
要比夏威夷的
搖擺音樂
更擅長在等候入場的
時候搖擺
我們也看見
拒絕下葬的
埃及女神
躲在窗台一角
默默地哭泣
祈禱，也許一隊來自

紅海的商隊
終於會讓她變成一個
尋常的乘客歸去吧。）

在凡人的
戰爭中繼續受傷
被賣到異鄉
是另類龐貝的
故事了，畢竟
在紅磨坊的閣樓
或鐵塔的頂尖
我們也看不見
續夢的起源

真有一條母親的
河流在非洲嗎？
（我們其實在
閑時節的
窗簾間隙，偶然看見
可以在掌心
旋轉一個無聊
夏天的淺灘
在戰爭的電影中
在撒哈拉沙漠
和英國士兵
找到了可能是
父親掘出來的

深井，和沒有被
普魯士軍人射穿的
浴缸。）

我們去垂釣吧
妳記得前年的
夏天，我們放生的
鯉魚，竟然不肯
在魚線上簽名呢
直至看到我
擁妳入懷
這樣的姿態，他說：
再跳一個更次的

查爾頓就好了。
（記起在戰爭前夕
我抱著明天的
滑鐵盧和妳在
小步舞的漩渦
我說：當我心臟的血
在農舍的中午
萬一流濺在妳的
手上，鞋上
也可以帶出
一衍玫瑰色彩的印記。）

假想在妳獨居的

日子，假想我暫時在
雪國的茅屋
假想我燃亮一支
永不會淚乾的
燭台，信是這樣寫的：
當我哄騙像
郵差的東風
拉著他的耳朵
讓他用善跑的長腳
早餐的時候
就到了郵局
也假想我是站在
沒有貼上郵票的

位置，並沒有穿上
大衣雪褸，茜蒙
妳喜歡這類型的
黃昏嗎？
家書總是沿著
廚煙的方向。

茜蒙，還記得妳把
北歐的風霜
說是鮭魚造成的
鹹餅乾，放在我的
周打魚湯內吧
上午七時

妳枕在我的胸臆
小心，脆弱的心臟是
一支低音大提琴的
缺口，我聆聽著
妳的笑聲，然後妳用耳孔
流出的螢火點亮
倫敦塔上
所有因憂鬱而來的
秋蟬，對了
從此不再有
灰色的雨，被劍砍出來的
音容，那不過是在
溜冰場，一個個

滑來滑去
頑皮孩子的名字。

怎樣也不可以
忘記妳穿著旗袍
坐在長艇上
穿過在彩虹下
一座座彷彿
從圖書館的
占星圖偷出來
這些木訥而
常常欺騙教授和
詩人的石橋

這些道具，稍後
就懂得變成了
我們的錯覺
把碎雨變成了
威士忌，只需要
一個短短的六月
他們總是用好聽的
方程式，把這個季節
包裝成酒神的
禮物，縱然妳可以
包涵英國人在
潮濕細雨下的
親吻方式，像吸吮著

對方皮膚上的
一撮幼鹽，然後
留下不會在
今生被磨滅或
北風吹走的雀斑。

一首短短的舞曲
就夠了，再送妳一些
我在小說內頁
撿拾的面具給妳吧
莎士比亞總是這樣說：
吾愛，妳醒來時，不要為
陌生的人客吃驚。

（妳的房間，坐滿在妳枕邊
輕柔地把暖暖的
不是鬧鐘的
聲音，放在妳枕頭的
季節呢，窗外若還有曙光
請妳繼續入夢
迎風的角落，還有風鈴。）

次第之緣

抱著示威海報的
女孩，仍然回憶同居的
歲月嗎？
那是不堪回顧的
早晨，憔悴也不是
床單在枕頭和
吃吃笑之間
打滾時候的面貌
（突然就想起埃及

微笑著的
駱駝和金字塔
妳問我，法老和祭司們
有條理分明的
戀愛嗎？在變成了
木乃伊的那天
摸撫著祭司的皮膚
擁著她的肩頭
站在記憶裡
的尼羅河岸邊
不喜歡吃人的鱷魚
就在腳下，和紅海
不停地翻滾，沖洗著聖人

和施洗人的汗水。）

這些儲藏在
博物館千載的
容貌，常常走入
我們冬眠前的
水裡和屋裡
站在密西西比河上
更容易看見
最初的渡船
轉動著兩旁的風車
哭泣地，踏著大魚的
尾巴，那是不需要記載的

歷史，至於怎樣把
非洲的民族
像泥土一樣倒入
頭等艙的露台
在隆冬時分也
收購了一些
部落的戀愛
沒有甚麼叫做
動人的結局了
因為最好的
間歇曲仍未誕生。

也許曼哈頓和

紐約，是在
日行千里的沙漠
應運而生呢
之前歸來的騎士
寄居的客棧
沒有劍鞘內外的
遭遇了，和他們一起
愛過的女孩
就在飯店內
吃著永遠沒有
甜味的炒飯
啜飲槍手的
決鬥眼神

感覺著子彈
怎樣緩慢或快速地
穿入自己或對方
體內的星河。

直到旁觀的親人
發出像歌者的
呼叫聲音
或者何其傷心
或者何其愉悅的
呼嘯，畢竟已經
逃離了一個不是
傳統上的

一百個甲子週期了
即使妳再抱著
反對大洪水再來的
傳單，展示男性都希望
看到妳的裸體
蜷伏在銀色的
薩克斯風和
低音喇叭的
手臂上
混和著雞尾酒
帶來的針孔
是未來一千年
兜兜轉轉的慰藉。

茜蒙，我們一起去尋拾
海灘上，最疲倦的
貝殼吧，把歷世的
傷患，交給蘇格拉底
和一群從龐貝城
走出來的
考古學生就算了
只要一撮今日早上
在時報廣場
買回來的
新鮮幼鹽
就足以令喜歡
在伊士坦堡市集

吸水煙斗的
基督突然痊癒
以一瓶鮮奶
就可以停止
薛西弗斯手推的
石頭，古典的
悲劇，是市場內
附送的一棵棵青蔥。
（他一早就
不是喜歡吃玉米片的
男孩了，年青時
他也和我們一樣
不斷飢餓

不斷地寂寞
不斷站在尋找
自己名字的明天。）

一些無端出現的
訊號，又回復到
烽火台那一個
朝代了
我們在圖騰的
旁邊，以驛站的
蠟燭替失敗的
戀愛治療，下葬
把消息傳給

一直盲婚啞嫁
和以為在
短短一個
秋季，就把所有
咬著樹葉的
蝴蝶騙到塞外的
南方城主
直至他們被
黃昏的炊煙炙傷。

茜蒙，這就是
為什麼在千年之後
我們在流浪

而且孤獨的時候
以不是魚網的
方式捕捉
並且吃著妳臉上
不衛生的粉底
稍後，我們爬上
馬克吐溫也不要的
木筏，當流浪不過是
尋找來生年輪的
藉口，不停地跌入
流行小說的陷阱
在買得起的跑車上
每次經過腐爛的

城市，穿越這些
從來不願學習
把火車的汽笛聲
變成手風琴的
鄉村，他們也有
自己的怨曲
他們善於用嘴唇
探險，用燃情的手勢
模仿，連最古典的
戲劇，都不應
發生在貴族和
泥濘下的長裙內
最激情的故事

（羅丹可以把康乃馨
甚至米仔蘭
雕刻成整個民族
圍觀的記號
都無所謂了
東風西風用
我家池塘的
草葦吹出來的
憂患，也只是母親
一隻隻被織針
勾傷了的手指
那是我們打網球
之後，彼此交換

不同顏色
毛線衣的同一天。）

若然說楓葉願意
在秋深變黃
是一種抗拒在
凡間作戰的姿勢
在告解後，茜蒙
請隨意重新鑄造
一把曾經插在
肺葉旁邊的
短劍，聽著
我們呼吸，奔跑

吃吃笑，隨便地
和男人女人擁抱
然後，把歲月逐寸
削出來，餵他們
豐盛的母乳
或父親的叮嚀。
（問：為甚麼是短劍？
因為啊，每一世的人類
都是喜歡用匕首
刺殺自己，而無須
追尋沒有面貌的殺手
連凱撒也不願意
知道刺客的名字。）

茜蒙，任由禮服
在盛宴時
慢慢枯萎吧
每粒在早晨
小心釘好的鈕扣
在第一輪晚飯的
頭盤之前，就脫落了
於是裙裾的絲線
拉成了萬里的
阡陌，破爛的輕裘
竟是一個
如此漂亮的崩潰。

不只一個挪威人
說過的
礁石的故事了
他們駕駛著長船
喝著鮫人教他們
製造的冷酒
把北極熊的皮膚
放在受冷的
足踝上，他們和
不需要戀愛就可以
和爬出搖籃的女人
用閃光燈一樣的
星座言語交談

那時，上空有
層層疊疊飛過的
知更鳥，他們從來
不買昂貴的機票
也不適合和這種
沒有樹林和草原
野獸氣息的情慾
一起生長
（茜蒙，當我們
用不是父親的
語言暢談
我們的意念在
想像的橫紋游走

只要一句說話
就溫柔地穿越我們
暫時沒有
占卜價值的掌心
那時，甚至一瓶
不新鮮的果醬
也不必要我們
在假死中
才找到轟烈的因緣。）

隨緣

茜蒙，我們相處過的
小鋪窄巷
那是突然地
在偶然雷雨將至
便迅即伸展的
地圖，猶之蜻蜓的
翼尖，緊靠著斜飛的
初冬，而所有的
季節，都只不過是

離開宿命的
精靈，扶著唯一的
拐杖，找尋草葉砌成的
客棧，小店依舊
養著灰黑的群貓
這和充滿了
隔宿咖啡氣味
稱之為家的
西隅，妳不是常常
飲一杯不糖的
英國紅茶嗎？
而且慷慨地
叫我做伯爵

這是我們說笑話的
下午時段
這是聽音樂和
黑膠唱片的黃昏
一些零星滄桑
像感覺不安
譬如鐘擺的
年代，彷彿是由
英倫海峽，驟然就
跳過去很時髦的
紅磨坊，當舞孃的
絲襪，還在凱旋門
曬晾著，一個匆忙中

沒有被焚燒
的巴黎，和最後的
一個德國中尉
剛剛從
塞納河走過。

在雪印可以侵靴的
那些時節，茜蒙
樓下酒店的
花鋪門外
我們熟悉的
史努比，又回來了
對面屋簷上的

麻雀總是笑他，醜他
擲他一束束
星形的，菱形
被電車乘客放在
天線上的花卉
麻雀都是我的
網球學生呢
穿著短褲和
印著唇彩的T恤
夏天的餘熱像
熱狗的芥末醬
偶然也會
沾在他們的手臂

這就記起麻辣湯和
北海道。

一列知道我們
渡假而來的
藍色列車，送給我們
一袋容易
穿越黑龍江和
克羅地亞的
煤炭，和從來
沒有燃起過的漁火。

茜蒙，歐洲的轉變

也是舞姿的轉變
我曾經是最好的
導師，教導一群
跳踢踏舞的
鞋子，介紹他們
認識蕭邦，和拉丁舞的
韋伯，那時一大群的
爵士還穿著
尖頭鞋，躲在
破爛的小屋，外面是
排隊等候
明天晚飯的眾生
我們坐在收音機的

旁邊，聽著子彈
像好看的煙花雪雨
歐洲的戰爭
向來都是犯規的
民謠式歌劇，貧窮的
小仲馬，怎樣描述
向日葵是一種
飄泊無定的
虛無，可以不停地
被出賣或孤獨地坐在
翹翹板上，抱著連
歌劇院也不要的
道具花籃

等待沒有緣起
也沒有觀眾和
沒有獻上
黃玫瑰的結局。

誰說最多泡沫的
砌茶，是沒有憂鬱的
成分呢？
記得我們
送別年底的
凌晨，妳的眼淚
是默默的暖流
沿著我放在

妳頰上的手掌
掠過茶的漩渦
那是一個把
報紙捲成圓筒
然後把今天的
新聞慢慢吹出來
一個過程，譬如
妳走入了
拿鐵咖啡店的
妳的眉睫，隨即
掛滿玲瓏的茶香
裡面仍深藏著
去年的蛋糕碎

和一樽樽味道
不同，在英式
鬆餅上面，很燦爛的
果醬。
（嗣嗣的北風
最喜歡我們圍巾裡
帶著長麵包的
氣味了，我們也說
最喜歡一直
不會讓我們
孤獨下去的
隆冬。）

緣的增上

茜蒙，可以告訴我
康士坦丁的
故事是怎樣從
驚兔的草叢塑造
出來的嗎？
譬如亞特蘭提斯
這也是我們
很期待和
其中一本歷史

初戀的第一章
這也是我們
在每年夭折的
夏天，坐在沙灘上
看著小小的
設計師建築的
濕泥城堡
在浮台的一邊
坐滿了過分溫柔的
女性，她們根本不相信
在紐約的十三街
穿著高跟鞋和
逃避百老匯歌劇的

女性，是從神殿
逃出來
蛇髮梅杜莎的後裔。

縱使再沒有
柏修斯的故事
而騎著灰色馬的
拜倫，一早告訴我
當他渡過英倫海峽
而看不見波賽頓的
三叉戟，他記起
前生是沒有血管的
弓箭手，曾經把箭

插進不死的
阿基里斯腳跟
那時總有些不毀的
城堡，染血的
蘭花，被搶去的
皇后，一船船足夠
用詩篇抵償的
亂夢，他的因果
也懸掛在今天的
身上，但是他沒有在
希臘的戰場
等待兩枚古代的
銀幣，蒙住他的

眼睛，他並沒有哀傷地
渡過自己選擇的
一次短暫的輪迴。
（都是過去千年的
事了，也許寂寞的
家人還在
岸邊，聽著他的詩猶之
豎琴的節奏，如何
划著不是獨木舟的
雙臂，游向未竟。）

茜蒙，什麼人可以
把三月當作一幅

捲起來的油畫？
那決不是把戀愛
遺留給大溪地的
高更，更不是經常
把女人拐帶出來的
馬蒂斯。
那些在畫展會
露出長腿
和晚飯時
吃著煎魚和
薯條的女人
那時她們喜歡
從百丈的

峭壁跳下去
撿拾沉船漏走的
銀幣，也許會看見
流著淚，看著深愛的
皇后，遁走
之前在廣場上
宣讀著遺書和
訃聞的安東尼
那時，凱撒是他的摯愛。
（茜蒙，當我們赤裸著
都是一樣的
流行模型
泰坦的年代以降

我們身邊都彷彿
有一堆戰船和
一個可怕或
可以廝守一生的
嬋娟或騎士
在路邊默默地
戴上嘉年華派對的
半截面具等待
和我們邂逅，相愛
死亡，洗淨了粉香和
汗臭，回來後一直坐在
電影觀眾的
旁邊。）

那年不是共飲過
一杯杯革命後
由火藥調製出來的
冰淇淋嗎？
因為啊
這無非也是
雅利安人的特飲
稍後，在長笛的
音樂舞會
等待著邀舞的
母親和父親
那些舞會和
廣場，才是值得妳

等到明年秋天
再來的地方。

也許是貝多芬
和莎士比亞
哭泣過的回憶吧
他們的音符裡
只要妳準備好
在瞳孔裡面
加進晚餐的
調味料，他們總是
和我們這類人
和白朗寧

濟慈這類的人
熟悉長劍如夢
八達城被攻陷的
故事，蛻變的雲
突然就
坐在我們餐桌對面
告訴妳，四十大盜不過是
長期囚禁後衍生的
僧侶，枉有世世相傳
的餘愁，唉，即使真有
相傳下去的
餘愁吧，每山一站
每水一隅，也不易再找到

善於把亡人的
訊息，放入妳的枕內了。
（共夢只是一個
節日的續航
依稀記得的倚望
我們曾經站在
偌大的羅馬火車站
想像著角鬥士
離開孤獨而
低聲哀嚎
躺在門邊的
食肉獸
然後孤獨地

在不是斯巴達的
家居，煮好了
自己的早餐。）

105　緣的增上

緣之超越

茜蒙，那些年
當所有的維度是
一群頑皮而且是
同一面貌的孩子
戴著尖帽而且
喜歡玩老師教他們的
沙堆遊戲，一粒沙
就是一個載著
失去感官但仍可

感覺的空間
一粒沙就是
童年時，可以憑記憶
再度營造出來的
帳篷，那時啊
大家都是
插著羽毛的酋長
獵取仇人或親人的
頭皮，也各自擁有
一條把時間當作
牧場的碎石街。
（我們也是一群靠了
患上心漏症，才值得

生存下去的孩子
而且感覺這種病
比家人更安穩
在最懂得戀愛的
時刻，就讓我們夭折。）

茜蒙，我怎樣也不會在
和妳共飲時
向妳解釋
一杯威士忌
一杯龍舌蘭
離開了酒樽
而仍然以流逝的

形狀存在，碎了的
惆悵，依然可以
藏在每瓶酒裡面
有我們看不到的
年輪，若果我們懂得
數著酒精上的
皺紋，等於也懂得
偷出深藏在季節以內
已經被噩夢把
皮膚用水銀
剝下皮膚的夏天。

戀愛和情信以外的

東西，其實一直還
懸掛在每一個
被清洗了的城門上
像一個沉重的書櫃
枉費我們深愛
枉費植入彼此的
思想，收割對方的風采
讀對方的唇語
乘坐深夜的航班
走入屢世迷茫的
故鄉。
（當妳孑然地
坐在冥間一角

抱著雙手，妳無須懷疑
時間才是鐘擺的
導師，時間和
我，就在妳每次
陷入朦朧中的時候
就誕生。
每次把生日蛋糕
切開，像每一生
我們的訣別
猶生之與死，那時
大家都多疑多慮
站在時間的繩子上
那時，我們脫去了

身上的潛水衣
擁抱著對方
身上一顆顆
薄荷糖的氣味。）

茜蒙，根本就沒有
慢慢腐爛的東西
妳說過一隻蜘蛛
曾經羞怯地
把網結在妳的
臉上，於是
以前我對妳
說過的謊話

如此生動地
沿著網上的
繩結流過，這樣
生動地解釋
虛無和謊話
無非是一件件
透明的風褸
掛在沒有顏色的
風中，終於染滿風的
顏色。
（長久的傳說：
當妳在熟睡時
把房間的窗門推開

進來的，若然是過冷的
北方天氣，一些硬殼蟲
便把妳一生繁瑣的
回憶，啃碎
之後帶走，賣給海邊的
晨露，怪不得漁家的
第一網，總網到比
貝殼更可憐的東西。）

緣聚而空

茜蒙，也許我們可以
把遙遠的橋，尖塔
和無數的雪花
從冰凍的柏油路面
從沒有蟋蟀和
蚊蟲的方向
從不是玲瓏
又並非朦朧的
終點站

從列車旁邊
倒臥的廣告牌
從大樹已經
變成的大理石
從那個場景
還原到最初的
影像，甚至曾經
被羅丹雕刻過的
古代來客，在無住的
劫數以前
尖銳的長劍
到草綠色的
加農炮，那麼多次

在雜誌和托爾斯泰的
古典小說
像交響樂的
間奏曲，超越
敲擊的樂器
終於在某一天的
晚餐時分，通過沒有
艱苦，猶之集中營的
冷澀愁哀
來造訪我們
不必通過一些
蟲洞，和祈禱下的
所謂懺悔。

何其短短停泊的
歲月，我們常在
楓樹上的枝椏
抱著對方的頸項
一擁千載，直到
我們疲倦
猶之傳說中
完全被扭曲了的
城市，不是為了躲避
群體的花粉症和
十八歲時和女巫
排列錯誤的路燈
帶來的迷惘

我們也無需再爭議
是否要繼續把
漁市場血污的
食物，買回來再向
廚房內外
一個個溝渠
投擲，或者放生。

茜蒙，讓我們來改變
一些名言吧
譬如說：有人因為
無端而來的愛
受到傷害，就讓他們

這樣被傷害吧
猶之吃了
母親帶來的甜品
在入睡之後
就看到墓園和
刻著自己姓名的
石碑，鄉土
或是出生地
其實是我們進入
未知國度前的
一個轉換站
咬著口香糖
牽著越來越陌生的

姊姊走入幽陰的
深谷，每一世回來
我們僅剩下
一丁點沐浴後
熱水走遍全身的
慰藉。

即使不必繞道
不必借一些懸空的
棧道，一個啄木鳥
啣來的吊籃
我們也可以
穿越以前

無法鑿空的
城堡，茜蒙
我們從來沒有在
露台向群山呼救
只是一同去看塌縮的
行星，怎樣擁抱著
不肯墜下來的殞石。

（也許黃帝的戰車
曾經在妳的旁邊
蚩尤的半月形座位
在我前面，我們仰首
那時是千百劫前的

星空，像被彩色膠紙
貼在燦爛燈火下的
聖誕櫥窗。

看不到的雨季
模擬人類的雨季
可以說人類語言的
雨季，在他們母親的
注視下，騎著父親送的
木馬，隨著
弟弟吹著牧笛的
節奏，就下來了
只有他們才可以

看得到雲彩
和我們聽不見的
祈禱，那些明天注定
相愛至死的
異鄉人，不需要
神父的加持
就渡過瘴氣急流的
彼岸，也不需要
亞歷山大的方法
就可以解開
沒有命題的繩結
這是達文西
和施洗約翰

都無法懂得的
函數，當憂鬱像
一盤爬藤在妳的
體內，怎樣和他
一起召喚呢？
唉，除非我們都是
喜歡逃獄的罪犯。
（在雨淋了一個晚上的
椅子上，可以坐一個早晨
吃一個沒有煎蛋的
早餐嗎？
我說是假情的
浪漫，妳喜歡吃我手上

一半的薄餅嗎？
當踏進了
泥濘滿佈的長街
送妳一雙漂亮的
長靴，也不算是我的
佈施。）

緣的擱淺

茜蒙，妳不是說
手袋裡，可以藏著
俄亥俄和
整個長灘嗎？
包括一千個不能
隨便入夢的
理由，那些是剛剛
學會在隆冬的
碎葉上，畫上了

跌入兔子洞之後
可以尋找的途徑
那是不可靠的
童話嗎？

我以曾經驚夢的
樓亭起誓，以歷史上
最真實的神話起誓
當後來的愛麗絲再
跌進另一個
兔子洞的
油煙地帶，那時
帶著我送給她

寫滿符號的
撲克，每一張
都是存在主義下
蘇格拉底的
預言，我說：耶蘇是
不存在的
十字架，其實也是
不存在的。

真正被釘在
這個流域的眾生
只不過都是所有
持著氣球下降的

過客，在光速的
列車上，是長期
接近優雅的
野蠻民族，他們
也聆聽海頓和
茶花女的歌劇
之後，馬上學會
在亞馬遜河
旁邊的民族
喜歡把尊敬的
人類，甚至把在
街頭上拉小提琴的
老師烤熟了

吃在肚中。
（因為不是如此
就不能表示
他們都是在
同一座神殿
可以透過母親的
乳房而誕生的有情。）

茜蒙，我們很久以前
就學會用瞳孔
用頭髮的末梢說話
一片葉或一撮從
海灘裝回來的

粗砂，都是電影裡的
高帽和怪貓
悄悄地送給我們的
禮物，我們終將
驅使他們進入
物理的函數
教導他們，像摩西
帶領受傷的城市
試試是否可以
找回他們在匆忙的
逃難際遇途中
失去了的母親。
（我們也許是

疲倦時被跌落路邊
的手抱嬰兒
以前很多這樣的
末世，我們在
一次又一次的
離境之前，總是在
在不知情之下
失去了
像科幻小說裡的
所有空間。）

至於紅酒的季節
像永遠沒有

豐收季的葡萄
已經不存在了
等於酋長
和八達城的
土王，已經遠離
一千零一夜
戴上面紗的
女孩，妳以前常說
若然傳說裡的人物
少了一個平常的
鼻子，甚至啊
多了一條眉毛
就圍滿了好奇的

觀眾，那麼柏拉圖
筆下的戀愛
一定沒有
不接受情慾的境界。

當楓葉不再是
可以煮食的調味料
這樣情形下
產生的劇情
南瓜變成的
馬車，和蟲蟲變成的
車伕，在日後
漂亮的放燈節

和一盞盞燭火
跳出來的
女孩戀愛，甚至把
小說中的鬼魂
放出來，都是另一個
愛倫坡寫出來的
恐怖小說了
也許拜倫下次
橫渡的是今日的
海峽，到了巴黎
在路旁的咖啡座
看凱旋門外，看著
另一隊進入的士兵。

而第五次元的
城市，雖然沒有經過
什麼洗禮的
魔術儀式和
被祝福過的告解
超渡的眾生
也許是另一些
橫渡歐洲時
突然沉沒的
大船名字，那時
歐洲不只有一個
找不到蜻蜓地帶的
哥倫布呢。

緣空未竟

趁著今年仍然
有雨雨霧霧，就搬去
離銀河只有
一箭之遙的
織女星吧
茜蒙，那邊也有難以
用感慨形容的
江湖，即使我們有一個
藏著不歸點的

鏡射宇宙，在我們的
廚房，把冬天烘得很夏季
那些時，把碗櫃拉開
一粒粒的蟲洞
總顯示失去了
那些摺疊在平面
而且無痕，而且沒有
標題的過時吻別。

我牽著妳在旋轉中
已經墜毀
的眾星之間
我們的手掌，同時

也是一個迷途時的
導航器吧
可以讓我們聆聽
像水漏的細語。
（每次離別時
不甘心選擇的
放逐，在旅途下雪
冰凍而且鬱悶的
黃昏，寫些和
一燈共存的
對話，一些沒有
郵遞的素描
述說自己跌足在

星雲旋轉的時候
像木馬不經意地
陷入另一些真馬
造出的歸程。）

茜蒙，今日製造
情色，和及時戀愛的
公司，也許已經找到
情懷配合的
空氣了，可以把相隔
多個茫茫劫的
日落大道上
流浪了不止

一千個甲子
我們稱之為
浪漫的東西
和一直躲藏在
落葉的脈絡撮合
給他們買一間
在賭場外的屋子
躲藏在逝水不爭
沒有一丁點
魚腥氣味的
一座座象牙古堡內
重新以想像
塑造一個

沒有倫敦塔和
凱旋門的歐洲。

我在騎士時的
劍氣和逃兵時的
怯戰，早換了一杯
藍山咖啡，放在
東京火車站邊的
路邊茶座
我擁抱著妳的
頸項，告訴妳
所有的緣散緣聚
等於雪落何處

一如大海不斷逃避
不停向他示愛的
夏天，一面吸著
不需要燃點的
水煙斗。

這種連巴哈的
交響曲也從未
出現過的日子
我們深情地
讀著對方手上的
小說，之後怒氣地
跳入炸薯條的

廚火中，體內吃過的
義大利麵，被繼續
煮乾，像流失後的
土壤，沒有愛念降臨
沒有祈禱的
星期日，沒有行走
在下水面的觀音
沒有大鯨和魚類。

緣空又空

茜蒙，我的朋友說
一場難得的
戀愛，是被薄倖
而且蒙了面的
不是宗教的
信徒，以很多
汽水吸管，伸進
我們的體內
把水分和呼吸了

幾百年的器官吸乾
再沒有形而上的
糖尿病了。

妳可以想像
在整個歐洲
喜歡戀愛的女孩
失去了甜甜圈的
日子，在公園藍色的
蘇格蘭布上
躺著的是一群
新古典主義
喜歡把婚禮和

儀式的命題
拋入黯黑的
湖面，當年在搖籃
仍然未靜止下來
就突然遁走的
父親，再度牽著
她們的小手
走向焦急地
等候的神父，也許
婚禮終結後
可以吃到在
今年冬天
不需要加熱的

午餐。

茜蒙，必須學習怎樣
編織不斷改變的
髮型，怎樣修補
和潮流同時破爛的
牛仔褲，出奇地
了解扁平的
胸部，沒有休止符的
歲月了，譬如說
很多時，深秋可以
讓妳拉出他們
像動物的尾巴

而且不需要在
霧氣圍繞的
早晨，逃避頑童的
早熟的挑逗
他們是現在和
明天的獵人
習慣在
遊戲中捕殺
薄薄衣衫內
很異性的春天
在知更鳥慢慢
降落在冰面上的
二三月的晨曦

就喜悅地開始。

甚至在入睡的
時候，石油和
不能挑剔的
廢墟味道
也是燃情的
雙手，茜蒙
這是另一種
楓落之外的頹喪
再沒有像以諾書
巨人和眾神初來的
時候，那種純潔和

寂靜了，約定的
房車，在柏油路面上
輕輕駛過的
愛撫聲音
在風中的散髮
如此溫柔的
談情方式了
在歷盡千世的
前路，所有的
人面，都是一盞盞
老式的檯燈。

緣去，畢竟空

盡量了解什麼
是空的日子
有些鄙視愛情的
善男人善女人
稍稍飢餓
就去吃塵埃造成的
麵包和過期肉桂的
蛋糕，當那些侵略過
我們的冰河

開始靜靜地
膨脹，開始刪除了
我們記憶裡，曾經
厚厚地，鋪滿金黃色的
四季，和帶來的雨天
古老的城牆
和城垛洞口
持著長茅的士兵
露出凍僵了的
耳朵，和一堆
難以拆開的
家書，然後母親的
叮嚀，在襯衫的

鈕扣被粗暴的女孩
拉下來的時候
又逐漸消失了。

終於，第二次的
冰河大爆炸後
收縮，釋放了
很多模糊的印象
譬如：我藍色的
絨外套，藏著妳
愛得很曖昧
而且不具體的
風景，妳的臉

因為逃避突來的
驟雨，伏在我的肩膀上
到雨停之後
妳笑著說，不過是
驟來的晴天。

茜蒙，妳的瞳孔深層
也並不是
我和遠山的近照
而是一連串不停
彈落的煙灰
當火車站的
休息室傳來

唱片的舊曲
把妳從另一個
國度或小城帶來
之前，我的繫念和
錯過了的
奏鳴曲，都是
難喝的琴酒
無論是否
加進我們喜歡的
話題，無論積存了
多少像西柚汁的
愁緒，且讓我們
喝下去吧。

並且，記憶也者
是絕對像
不懂得戀愛的
祖父，已經給我們
加進去很多
和他一同
在冒險旅程
偷回來的
玉米糖，一連串
盜寶的故事
當然盤川是他在
虛擬的押物店
一些虛擬的衣物

換來的，還有虛擬的
會說方言的
捕蟲草呢。

倘若我們再次進入
中世紀的歌劇院
看著杜步西的
指揮棒上的
時間線，茜蒙
然後我們在上面
爬行疾走，數著用
虛擬的撲克
贏來一堆

真正無常的
四季，哦，惟有進入
一場場轟烈的
戀愛，才活得
不可思議。

（一盞清水便可以
洗淨黐滿螞蟻和
他們玩具的
行腳嗎？茜蒙
我們曾經
向路人叩首
問他們：倘若把

缽裡的劫數
倒出，我們會
生何天中？

直至看見初來的
秋雨，穿著不合身的
蓑衣，禪是臉頰上
一丁點紫色
一面唸著眾生眾生
戀愛是一頁頁
沒有年輪囚禁的
贖罪，我想：
至少也該送去

一些不會速萎的
花瓣，至少
不會讓他們
這樣黯然地
迅即進入涅槃。

復次，就這樣走了
捲起只有
家人面貌在內的
枱布，而焦糖一樣的
煙肉香味
和姊姊的
笑聲，還坐在

平日的座位
等著水煙斗
噴出來的
電視節目呢
茜蒙，我們此去
究竟生何天中？）

作者簡介　草川

著名且資深的現代詩人。創作起自六、七十年代，在現代文學，現代詩，短篇小說，散文方面，享有盛譽。詩作甚豐，屢在臺灣的《藍星詩刊》、《現代詩》、《創世紀》以及馬來西亞的《蕉風》發表。亦是香港著名的《文藝月刊》和《軌跡月刊》的編輯委員及執行編輯。

性格爽朗，喜歡和親近的人共度美好時光，高談闊論，撫掌大笑，欣賞美食，並將有趣的時光撰寫成詩文，記錄下了豐富的生活軌跡和不凡的生命際遇。此外，亦擅長運動，為網球和游泳的知名教練。曾經是香港網球，香港游泳公開賽的選手。

八十年代後從商，不忘運動和創作初衷，在香港報章副刊，每日發表一詩，十多年從未間斷。超過四千首現代詩，相信極難有企及的詩人。曾任大專院校客座講師，教授現代詩，佛經和劇本創作，並研究佛家有宗、空宗。在商途飲馬時，跟大德高僧闊論止觀佛相。

千禧年以降，檢視何謂緣起性空之理，專心準備及後的佛經導讀，但仍未忘記束詩成輯的工作。

文化生活叢書・詩文叢集 1301CB2

致在蜻蜓地的茜蒙

作　　者　草　川
責任編輯　李嘉欣
實習編輯　陳相誼
校　　對　林秋芬

發 行 人　林慶彰
總 經 理　梁錦興
總 編 輯　張晏瑞
編 輯 所　萬卷樓圖書（股）公司
臺北市羅斯福路二段 41 號 6 樓之 3
電話 (02)23216565
傳真 (02)23218698

發　　行　萬卷樓圖書（股）公司
臺北市羅斯福路二段 41 號 6 樓之 3
電話 (02)23216565
傳真 (02)23218698
電郵 SERVICE@WANJUAN.COM.TW
香港經銷
香港聯合書刊物流有限公司
電話 (852)21502100
傳真 (852)23560735

ISBN 978-986-478-821-7（精裝）
2023 年 3 月 15 日初版
定價：新臺幣 500 元

本書為臺灣師範大學國文學系 2022 年度「出版實務產業實習」課程成果。部分編輯工作，由課程學生參與實習。

本書為真理大學台灣文學系 2022 年度「畢業展演：畢業專題製作」成果作品。相關編輯工作由學生李嘉欣執行，指導老師：張晏瑞先生。

如何購買本書：
1. 劃撥購書，請透過以下帳號
   帳號：15624015
   戶名：萬卷樓圖書股份有限公司
2. 轉帳購書，請透過以下帳戶
   合作金庫銀行 古亭分行
   戶名：萬卷樓圖書股份有限公司
   帳號：0877717092596
3. 網路購書，請透過萬卷樓網站
   網址 WWW.WANJUAN.COM.TW

大量購書，請直接聯繫，將有專人為您服務。(02)23216565 分機 610

國家圖書館出版品預行編目資料

致在蜻蜓地的茜蒙／草川著. -- 初版. -- 臺北市：萬卷樓圖書股份有限公司，2023.03
面；　公分. --（文化生活叢書. 詩文叢集；1301CB2）
ISBN 978-986-478-821-7（精裝）
851.486　　112002984